KB196601

온 우주가 바라는 나의 건강한 삶

# 온 우주가 바라는 나의 건강한 삶

남현지 시집

창비

## 제2부

## 제3부

제 1 부

# 뒷산에서

뒷산에 올랐다
많은 집들 뒤에 서보았다

풀들이 쏟아질 듯이 자라 있었다
거대해진 수풀을 헤치며
뒷산에 사는 것들을 한꺼번에 떠올리려 해보았다
무성한 여름을 따라서

살아 있도록 싸우도록 내버려두었다
멧돼지는 사살되겠지만
다들 힘을 내도록 힘을 겨루도록
그 균형을 견디다가 몇몇이 조용히 사라지고 나면

어딘가의 직원처럼 나타나
모기를 쫓으며

수풀이 점점 늘어나서
하나의 이름으로 안 되는 거
이제 다들 아시잖아요

부르기 무섭게 넘쳐흐르는 여름 안에서 반박한다
그래도 문서를 작성해야 합니다 저는
이름을 불러야 해요

개구리가 요란하게 울었고

지나던 등산객이 여기에
개구리 양식장이 있다고 알려주었다
산속 개구리의 주인이 있고
소비자가 있고
근처에는 불법 점유에 대한 경고문이 붙어 있었다

어두워지자 들개 몇마리가 내려왔다
이 시간에는 마주쳐도 서로를 피하지 않았다
자주 훼손된 채로 발견되었다
뒷산에서

# 호수공원

눈앞에 호수가 있고
나는 시민과 조경이 익숙한 듯이
벤치에 앉아서

방금 점심을 먹고 식당에서 나오다가
묶여 있는 개를 바라보는 회사원처럼
호수에 대해
아무 생각이 없었다

나는 그게 마음에 들었다
내가 배가 부르다는 게
큰 개가 묶여 있다는 게

누가 길을 물어서
여기 사는 사람이 아니라고 대답했다
호수만 보이는데

꿈에서는 나도 찰랑거리다가
귀를 기울이면 자신이

물질처럼 쏟아져서 깨어났다
잉어 몇마리와 엉겨 붙은 물풀을
떼어내면서

호수는 잘 묶여 있었다
내가 살고 있는 건물처럼
고요하게

오늘 저녁은 뭐 먹지 생각하면서
호수를 따라 걸었다
삼십분 전에 본 사람이
다시 옆을 달리고 있다

# 오늘 서울 날씨

선생님
제가 사랑이 없습니다

일요일의 교회 앞을 신기하게 바라보다가

뭐라고? 내가 애인이 있었다고?
벌떡 일어나 외쳤는데
가게에 혼자라는 걸 알고
다시 조용히 의자에 앉았습니다

북한산이 오랜만에 명료하고
들떠 보이는 사람들이 그쪽으로 지나갔습니다
가정을 꾸리고
사진을 찍으면서

휴지를 건네주는
전도사가 되었으면 좋겠다, 애인이 있었다면
새사람이 되어서 몰라보고
휴지만 뚫어지게 쳐다보면 좋겠다고 생각했습니다

거기에 완전 새로운 말이 적혀 있는 것처럼

어제도 누가
너는 나를 사랑하지 않지 하고 물었는데
보내주신 멸치볶음은 감사히 잘 받았다고
대답했습니다

인사말로는 부족합니까?
그럴 수 있습니다
친절보다 더 나은 약속이 있을 것 같습니다
혼자서는 어떻게 해볼 수 없는 밤이 계속된다면

복수는 함께 할 수 있다고 말했지만
아무도 원하지 않았고

일부러 찾아와
사랑하라고 사랑을 하라고
탁자를 두드리며 소리를 지르는 사람들은
즐거워 보였습니다

저는 물잔을 건네며
꼬박꼬박 인사를 했습니다
여기서는 아무 일도 일어나지 못할 것처럼
친절하게

# 골목의 증식

마음에게는 미안하지만
그것은 이미
언어의 것이 아닌가?

조용해진 방 안에서
이명이 시작되었다
창문을 열면

건물이 허물어지고
다시 지어지길 반복하면서
몇년째 공사 소리가 멈추지 않았다
이 무한한 빌라

골목에 아침부터 음악이 큰 소리로 울리고
저녁에 민원을 넣었다
오늘은 일요일이고 여름인데
더이상 음악을 견딜 수 없다고

소리가 잘 들리지 않는 사람이

라디오를 크게 틀어놓았던 거라고
이제 그러지 않을 거라고
경찰에게서 연락이 왔다

음악에게는 미안하지만

지하철에서
북한산에서

처음 보는 사람에게
음악 좀 꺼달라는 말을
제일 잘하게 되었다

싫어요 하면
그러시군요 하고 돌아서려고
그다음은
사실 잘 몰랐다는 듯이

소리가 잘 들리지 않는 사람은

라디오를 켜지 않고
나는 창문을 열지 않았지만
공사는 무한히 계속되었다

# 전자랜드

용산역으로 가야 했다 약속이 되어 있었다
장항선을 타기로

햇볕이 내리쬐는 횡단보도 앞에서
서명을 부탁받았다
전단지를 건네받았다
고개를 저어도

파업을 해도
택배는 멈추지 않고 도착했다
이웃 나라에서 전쟁이 일어나도
아침이면 연어가 도착했다

장항선을 타고
장항을 지나쳐 가기로 되어 있었다

역 앞에서 한 사람이
전자랜드에 어떻게 가야 하냐고 묻고 있었다
전자랜드가 아직 있어?

사람들이 수군거렸다

있어
아직 있어

장항 다음에 내려야 하지만
이 노선의 마지막은 아니라고
일행이 잊고 있었다는 듯이 말해주었다
거기도 전자랜드가 있어

# 낙산

내가 갈 수 있는 바다에는
늘 먼저 온 사람들이 있고

사람들은 해변에서
파도와 비슷하게 걷고 싶어 했다

계속되어도 괜찮은
소리에 가깝게
조금씩 다른 모양의 물거품을
지켜보면서

좋은 규칙을 만들고 싶어 한다
멀리서 온 사람들이

갑자기 파도가 거세지면
웃으면서 달아났다
아무에게도 부딪치지 않고

눈이 내렸다

겨울이 끝났다고 생각했는데
새로운 차가운 날들

모르는 사람들과 해변을 걷는다
우산을 쓰고
내가 갈 수 있는 바다는
여기서 저기까지

# 피서

바다로 와서
바다를 피해 걷는다
살구가 떨어진다

여름의 구름은 멈춰 있고
열무 옆에서 발가락을 씻는다
지붕은 푸른색
마음은 해로워라
연달아 일어나려는 조급한 배열을
참방거리며

여름은 살구를 손에 쥐여준다
길고 무더운 여름이 계속되겠지만

장판 위에 누우면
살구와 바다와 마음이 나란한
동해

노인들은

낮부터 방에 드러누운 젊음을
안타까워하고

미풍 같은 시를 읽고 싶다
고뇌, 열망, 후회……
알 게 뭡니까

# 중앙공원

자주 여행을 가는 친구는

도착한 도시의 중앙공원에서
혼자 맥주 마시는 이야기를 들려준다

그 이야기에는
잔디와 개와 연인이 나오고
맥주의 가격이 조금씩 달라진다

마지막으로 만난 게 몇년 전인데
나라를 바꿔가며
중앙공원에서는 계속
연락이 오고

여기는 지금 오후 두시야
친구는 동전 소리를 내면서
눈앞의 풍경을 전한다

틀림없이 잔디와 개와 연인이 등장하고

묘사는 구체적이지 않고
계절은 바뀔 수 있다

그러면 나는
파리에서 도둑으로 몰렸던 이야기를 한다

공원을 산책하다가
화장품 가게에 들렀는데

추운 날에 맨발이어서?
위에는 등산복이어서?

잔디와 개와 연인의 이야기에서는
항의할 필요 없이
누구의 집도 아닌 곳에서
오래 머무를 수 있다

거기서 들려오는 소음은
짐작할 수 있지만

직접 등장하지는 않는다

# 가방은 무거워 보인다

대합실 의자에서 졸다가 깨어나
커다란 가방을 끌어안고 두리번거린다

그 가방이 전부인 사람과
가방을 많이 가진 사람이 비슷해 보인다
반쯤 가방이 되어버려서

아무래도 뭔가 잘못된 것 같다고 연락한다
언제 도착할지 알 수 없고
매점에서 샌드위치 몇개를 산다

누가 다가와서 어디로 가느냐고
안됐지만 그 샌드위치는 정말 맛이 없는데
자신은 나쁜 사람이 아니고
문제가 있다면 도와줄 수 있다고 말을 건다

입술에 들러붙는 머리카락을 떼어내면서
무슨 일이 있었는지 쉴 새 없이 늘어놓는다
하나하나 상세하게

옆에 앉은 사람이 짜증을 내면서 일어난다
너무 더운 것 같다고

직원들은 대답 대신 창구를 닫는다
가방을 끌어안은 사람들이
침착하게 창구 앞에 줄을 서기 시작하고
무슨 줄인지 물을 때마다 다른 말을 하면서

하루가 지났지만 목적지에 도착한다
가방의 크기는 동일하고
약간의 보상을 청구할 수 있다
사람들이 내 어깨를 두드리며 지나간다

친구의 가방은 무거워 보인다
친구의 행운을 빈다

# 앙코르와트의 버섯 상인

간에 좋아요
살이 빠집니다

상황버섯을 팔던 상인은
실은 돈을 모아서
포카라로 가는 것이 꿈이라고 말했다

거기서 인류의 멸망을 기다릴 거라고
관광객들에게
포카라의 사진을 보여주었다

푸른 하늘
흰 구름
히말라야의 산기슭

나는 기쁩니다
버섯은 얼마입니까

# 버드나무와 오리

여름을 좋아합니다
야구를 좋아합니다

아마도
늙어가고 있습니다

집 앞 개천을 따라서
바람이 두드리는 이파리들은
자신을 반복하며
가볍게 흩날리고

그것이 오락은 아니지만
물에서 오리를 반복해보는 일

오리의 웃음을 기다리면서

늙어가고 있습니다
우리가 우리를
놓쳐버린 순간의 현기증처럼

햇빛 아래를 구부리며
그 빛을 내버려두듯이

다리를 건너면 약국과 시장
이제 뭐라고 불러야 할지 모르는
이웃들이 있습니다

# 빛의 생산

전기 좋아해요?

이제 그만
그걸 자연이라고 불러도 될까요

담배를 마지막으로
집에 불타오르는 물건이 없어졌는데
한참이 지나서야 알게 되었습니다
내가 전기를 좋아하는구나

전기 없는 세계를
상상할 수 없습니다

만두 없는 세계
슬프지만 그럴 수 있고
종달새는 본 적도 없고
나 없는 세계는 지금도 뭐

언제부터

고통 없는 세계
그건 상상을 안 합니다

자연이라고 불러야 할까요

봄기운이 완연한
오늘 날씨 이야기처럼 다들
두 문장을 넘기지 말라고
고통에게 차례를 지키라고
말할 거라면

사물들은 다 잘 있습니다
가끔 고장이 나고
그것을 고치거나 버립니다
빛이 깜빡거리면
문제가 있는 거고

담배는 진짜 끊었습니다

# 실내장식

그림을 바꾸고 싶다
저 풍경이 거슬린다

양치를 하다가
누워서 티브이를 보다가

이제 사람이 있는 그림은
별로인 것 같아

실내를 위해서

기하학적 무늬의 쿠션을 구입하고
철과 유리로 만든 가구를 고른다
산업의 소재가 편안해진다
다음으로 식물의 자리를 확보하고

빙하의 사진을 들여다본다
얼음을 씹어 먹으며

저 얼음은 광물이라고 부른다

자연적인 과정을 통해 산출되었으며
지금도 자연적으로
녹아서 무너지고 있지만

압도적으로
희고 푸른 빙하가

실내에 있다
저것은 광물이다

얼음 씹어 먹는 소리가 거슬린다

# 어딘가의 산과 짐승

산을 빚어줄까?
언니가 산을 만든다
우리는 산에 구멍을 뚫어
향을 꽂기로 했는데
그 작은 산은 가마 안에서
구멍이 사라진 채로 나타난다

빚어줄까?
언니가 네 발 달린 짐승을 만든다
불분명한 짐승을 빚는다고 한다
그 작은 짐승은 가마 안에서
꼬리가 사라진 채로 나타난다
떨어진 꼬리도 나타난다

그릇과 접시 사이에서
예상 밖의 산과 짐승을 몰고 온다
그것들이 자갈처럼 늘어나서
방 여기저기에 나타난다
저 산에 묻은 침은 누구의 것인가

언니가 다음에는
걷고 있는 사람을 빚어주겠다고 했는데
공방에서는 그것이야말로 부서지고 말 거라고
난색을 표했다

# 산책로

지금은 총회의 계절
세금과 후원 명세서를 받아 들 때
이 사람이 시민이라는 것을 의심하지 않는다
과자를 먹으면서
인간이라는 것을 의심하지 않듯이

봄이 되면 몰래 개천에 들어가
돌을 쌓는 사람이 있다
여름이 끝나면
흐르는 물속으로
쌓은 돌을 무너뜨리고 돌아간다

그 사람을 따라가면 안 된다
돌을 따라가도 안 된다
개천에는 들어가면 안 된다

쌓여가는 돌을 지켜보다가
누가 여기 너구리도 산다고 말하자
주민들은 너구리 너구리……

중얼거리며 미소를 지었다
너구리도 안 된다
너구리가 따라와도 안 된다

구청에서 또 다리 공사를 하고
우리는 다리를 많이 가져서
개천에 들어가지 않는다
다리 한중간에 주저앉아 울지 않는다
시민임을 의심하지 않는다
소속이 있다 증명할 수 있다
기다리라고 말한다

제 2 부

# 거래처에서 배운 것


거리에 멈춰 서서
인사말을 고르고 있었다

안녕을 물어도 되는 상황인가
호칭은 적절한가
무례한 단어는 없었는가
혹시 내가 지고 있는가

이토록 신중해도
문제가 생길 수 있다고 이해한다

늦었지 하고
빵집 앞에서 방금 만난 사람들은 기쁘다
같이 떠나서 다행이다

언제 같이 밥 먹어요 덧붙이면
조만간 봐요
아는 사람에게서 답장이 온다

그러다가 정말로
같이 우동을 먹을 때도 있기 때문에

웃으면서
빵집 문을 연다

영업은 끝났고
카운터 뒤로 빵이 가득하지만
내일 빵이라고
안내받는다

# 워크숍

동료와의 관계는 원만한가?
아직 인사를 나누고
점심을 같이 먹는다

내게는 결말을 알면서도
정체를 알 수 없는 그림자가 난입해서
장르를 바꿔버리길
기대하는 습관이 있는데
아무래도 수동적 공격성이 강한 것 같다고

기도에 가까웠던 것을
자기계발식으로 다시 작성했다
자신을 인정하는 데서
새롭게 시작할 수 있다고

긍정적으로 부르면
긍정적으로 날아오는 새를 상상하다가

힘차게 땅을 박차고 날아오르는데

수명이 다해버린 새를
저절로 떨어지는 새를 떠올렸다

술과 담배와 커피를 끊고
자신이 둥근달이 된 것 같다고 말하던 사람이 있었는데
밝고 완전한 구형의
흙덩어리

명랑한 사람은 어느새 사라지고

왼발 오른발의 순서를 잃고
길 한중간에 우두커니 서 있는 사람처럼
숨 쉬는 법을 배웠다

긴장을 풀고 숫자를 세면서
천천히

새로운 동료가 웃으면서 팔을 이끌었다
우리 이제 저쪽으로 가야 한다고

# 종각

종각으로부터 건너오는
사람들의 얼굴에 기대어
몇개의 희망을 만든다
가볍게 종이를 접듯이

오천원을 내고
어느 다리의 난간에 매달아놓으면
바람에 함께 나부끼다
잃어버려도 괜찮은
내용에 기대어

푸른 저녁으로 들어간다
오늘도 많은 일들이 진전되었고
건물에서 빠져나온 사람들은
순순히 저녁의 사물처럼 어두워지며
신호를 기다린다

다음이 다음을 부르면서
몰려다니는

가로수 이파리들을 따라

유리 앞에서
조명과 비둘기가 섞인 얼굴을 만져본다
아직 가는 중이야 시간이
걸릴 것 같은데

가던 사람이 멈추고 하늘을 올려다본다
전광판의 뉴스가 갱신되고
빌딩의 이름이
오래된 별의 곁에서 빛난다

오늘도 많은 얼굴이 지워졌지만

저녁으로부터
검은 구두들이 흩어진다
다시 진행된다

# 퇴근

첫눈이 내리는데
갑자기 돈 이야기를 하고 싶었다

나무에서 떨어져 나와
사과 상자 안에서
더 붉어진 사과 이야기

나무는 뭐라고 중얼거리다가
그만큼의 붉은색을
중개인들의 몫으로 넘겨주었다

모자라요?
가게 주인은 상한 사과를 덤으로 넣어주고
나는 충분하다고 다시 빼낸다

한밤중에 사과는
검은 봉지 안에서 조금 더 붉어지고
나무는 멀리서 눈을 맞고 서 있다
뭘 잘못한 사람처럼

엉거주춤하게

긴 줄에 서서 버스를 기다리다가
집을 향해 걸었다
집으로 가지 못한 차들이
도로에 눈을 맞고 서 있고
떨어진 사과 하나는
붉은색을 들고 굴러갔다

# 까맣게 젖은 나뭇가지 위의 꽃잎들*

승강장에서
지하철이 나오는 터널을 노려보며
떨어지지 않으려고
발가락에 힘을 주었다
볼 게 어둠밖에 없어서

스크린도어가 생기고
터널을 노려보던 습관은 사라졌다
어둠과 함께
역무원도 하나둘 사라지고

우리는 지하철 한칸 안에서 점점 늘어나
서로 싫어한 지 오래되었다
살갗에 닿는 저 사람이
추상이 아니라면
아, 그럼 적인가? 밀치면서

비 내리는 날 옷을 적시는 것이
땀인지 빗물인지

그게 또 내 것인지 네 것인지
설마 우산의 것인지
고민하는 동안
분별 없이는 싸움도 없다는
평화가 함께하고

귀를 막고 투명한
해파리가 떠다니는 영상을 재생하면
그것이 유영하는 푸른 물속엔
세계가 들어 있지 않았다
거의 즉각적으로
사랑할 수 있었다

밀리지 않으려고
발가락에 힘을 주면서
개, 고양이, 다음은
판다

* 에즈라 파운드 「지하철 정거장에서」.

# 곡선을 쓰지 않는 디자이너

많은 사람들이
자연에는 직선이 없다고 충고했다
막 학원을 졸업한 디자이너는
곡선에 능숙하지 않다고 고백했지만

불가피한 입장은 계약서에 있고
자연에는 직선이 없으며
이번 전시회는 생명이 테마라고

소중한 난이
푸른 화분을 가진 난이
휘어진 방을 나와서

일렬로 늘어선 책상에 앉아
곡선을 연습했다
곡선과 곡선의 복잡한 교차를 만들어내는
모션의 생동감이 필요하다고

지하철을 벗어날 때까지

인간과 신발의 곡선을 관찰하고
정류장에서 가로수를 올려다보았는데
바람이 불지 않았다
다들 멈춘 것은 아니었지만

곡선을 연습했다
밤에는 좀 조용히 하자고 옆집 벽을 두드리며

부드럽게 휘어지는 곡선들
폐기되는 곡선들

상사에게
마트 전단지 만드는 일을 하겠다고 말했다
정말 잘할 수 있다고 말했다
사물의 편에서

# 공휴일


슬픔 있어도 됩니다
앉아도 됩니다
의자 샀어요 그러려고 일을 했는데

병원 검사실에서 혼자 근무하는 검안사는
눈을 들여다보며
날씨가 좋죠 놀아야 하는데
자신은 이제 전문적으로 노는 법을 익혔다고 말했다
새들을 만나고 있다고

숲에서 몇 마리의 새가 그의 머리에 어깨에
앉아 있는 사진을 보여주었다
어떻게 가만히 있죠?
아는 새라서요 알기 위해서

주말마다 산으로 찾아가
해가 질 때까지 모이를 주고
새들에게 먹을 걸 많이 가졌다고 알려진 사람이

눈 크게 뜨고
눈 움직이지 말고

반복하면서 틈틈이 새를 떠올린다 자랑한다
무수한 눈동자 속에서
찾아오는 새들에게

나는 휴일이 아니라고 말했다
다음에 오라고
축축한 발로 들어오면 곤란하다고
뉴스를 틀고 양말을 신으며
사정은 짐작한다는 듯이

주말에 무얼 할 거냐고 물어서
의자를 사러 갈 거라고 대답했다
내가 쓰지 않는 의자가 또 없어졌다고

# 도시의 명소

동물원에서 파는
맥주를 마시고 있는데
퍼레이드 송이 울려 퍼지는 확성기 아래로
천천히 닭이 지나갔다

자신은 오늘 휴일이 아니라는 듯이
걸어가는 닭에게

친구는 동물원이 슬퍼서
같이 못 왔다고
나는 도시의 명소를
집요하게 방문하는 쪽이라고
말을 걸면
주정뱅이가 되므로

혼잣말을 하기 전에
관람객의 동선을 따라다녔다

더이상 숨을 곳이 없어서

난처해 보이는 사람들이 몇 명 있었지만
친한 척을 하면
역시 주정뱅이가 되므로

나도 원데이 클래스에서
갑자기 진심이 되어
낙담을 해버리는 쪽이라고
주먹을 살짝 쥐어 보였다

힘을 냅시다 우리 모두

호랑이가 누워서 물끄러미 쳐다보다
벽 쪽으로 고개를 돌렸다
하품을 하면서
이를 드러내면서

한 아이가 나를 밀치며
호랑이에게 손을 흔들어주었다

내가 방금 어디서 실패했죠?

우리 앞에서
관람객의 동선을 방해하면서

휴일을 배우고 싶었는데
중얼거리는 사람이 걸어 다니고 있었다

# 실업자가 야구 보는 이야기

분명한 마음이 있었는데요
사라졌습니다

고장 난 사람처럼 야구만 보았습니다
공이 뭐라고
공은 분명한데 어디로 날아갈지 모르니까
개의 마음을 알 것 같고
공의 궤적만 보고 있어도
지루하지 않았습니다

야구를 보는 동안
아픈 사람들의 전화를 받지 않았습니다
공을 보는 개의 마음은 알아도
나를 보는 아픈 사람들의 마음은 모르겠는데
엄마는 내가 멀쩡해 보여요?
아름다움처럼 모르겠는데
나 없이 내게로 오는
그 마음들은

아무도 사할을 넘지 못하도록
투수와 타자가
긴장을 이루고 있습니다
사람들은 이쪽 아니면 저쪽으로
쉽게 하나가 되는데
그러려고 모인 거니까

온 힘을 다하여 야구를 보았습니다
분명한 것은 공밖에 없다는 생각이 들 때까지
조금만 참아달라고 하던 사람들이 사라질 때까지
매일 죄송하다고 말해야 했던 전화기를 잊을 때까지
그러면 프랜차이즈 스타가 이적해도
돈이 모자라면 어쩔 수 없다고
이해하는 팬들만 남아서

내가 어리석었던 것 같습니다
어리석지 않으려면 어디에 서 있어야 할까요
포지션이 없으면 게임이 안 되고
응원하는 팀이 없으면 야구가 재미없습니다

공놀이죠
돌아오지 않는 공도 가끔 있지만
야구에서는 돌고 돌아야 합니다

야구가 끝나면
아픈 사람에게 병원에 가야 한다고 답장합니다
사회보장제도를 알아보자고 말합니다
의사가 알려준
자신을 보호하는 방법에 따라서

차라리 돈을 많이 벌지 그랬어
그렇게 말해주는 시가 있었다면
저작권으로 농담을 나눌 수 있었을 텐데

맥주가 지겨워요
사라진 마음이 지겹습니다
공은 왜 자꾸 돌아와?

# 사소한 누아르

아무래도 북풍이 어울린다

눈이 쏟아지는 하천
작은 다리 위에서
느닷없이 싸움이 시작되고

내용은 소리에 묻혀 들리지 않고 자막은 없다
배경에서 이미 버려진 동네였으므로
각자에게 충실한 이유로
싸움이 시작되었다고 믿는다

그래도 주인공은 누구냐
너는 누구 편이냐
은행은 나오지만
정부나 기업이 나오는 영화는 아니라서

우연히 곁을 지나가던 행인으로서
막 빵집에서 나온 사람으로
나는 풍경에 휘말린다

옷차림은 단정했으나
짝이 다른 신발을 신고 있었다
싸움을 말리려 손을 뻗다가
경련을 일으킨다
의사가 자신을 보호하라고 몇번이나 말했던가
하천을 향해 천천히 떨어지는 빵
맘모스······

복수는 있어도
심판은 없는 곳에서
하염없이
거듭되는 눈이여

누가 돌아옵니까

# 복도식으로

아줌마 싫어해요?
괜찮아요
아줌마도 싫어하는 것이 많고

이제 당신도 그중의 하나가 되겠지
이렇게 시작되는 숫자를 알아
양의 숫자를 셀수록
한번도 씻기지 않은 저 잿빛 털들
뛰쳐나가서 돌아오지 않는 어린 양
　황량한 언덕과 부서진 울타리, 눈이 보이지 않는 목양
견……
　너는 또 뭘 잃어버렸다고?

아줌마도 싫었다
열린 창문들을 차례로 지나쳐 가야 하는 것이
저벅저벅 커지는 발소리가

뒤에서 누가 아줌마 하고 소리쳐 부르면
갑자기 아줌마로서 어떻게 대답해야 하는가

황야에선
어떤 각도로 뒤돌아보아야 멋있는가

이웃집에서 애들을 조용히 시키라고 했지만
아이가 없다고 말해도 믿지 않는다면
우리 집에 있다는 그 아이들을 찾아 나서야 한다
청소기와 세탁기와 라디오를 추궁하면서
싱크대 문을 열면

대부분 문제가 있지 어둠이 있고
녹슨 배관이 있고 벌레가 죽은 척을 한다
웃음소리가 들린다
지금 행복한 사람이 있나봐
문을 닫아주고

그래서 당신은 뭐가 싫다고?
괜찮아, 나도 싫은 게 많고
어딘가에선 석양이 지고 있겠지

# 새를 구함


미카엘라
너는 미움이 많아졌구나
신부님 자꾸 병명만 늘어나는 사람한테
그런 이야기 하시는 거 아니에요
그렇다면 당뇨에 대하여


신부님 저는


삼청공원에
딱따구리 소리를 들으러 갑니다
위기의 중년이 되었기 때문에


남의 말을 잘 듣지 않는다
그 나무는 원래 그랬다
어떻게 그럴 수 있어?
떠도는 말들을
딱따구리가 엄청난 소리로 쪼아대기 시작하면


모두가 급하게

딱따구리가 쪼아대는 나무의 높이를 구함
보이지 않는데 시끄러운 새를 구함
그 새를 찾아서 동시에 두리번거리는
사람도 구함

오후가 지나도록 딱따구리를 기다린다
두유를 손에 쥐고
미움도 버리지 않고
처음 보는 나무에게 뭘 또 바라듯이
마주 앉아서

부엉이,
갑자기 우는 겁니까

# 자영업자들

식당 간판에
초월이라고 적혀 있어서

주인의 이름이기를 바랐다
내가 유일한 손님이었고
식당에는 불가능한 메뉴가 많았다

기다리는 동안
어두운 자영업의 미래
다음 뉴스에서 비만과의 전쟁이 선포되었다
그것은 질병이며

나는 궁금했다
뚱뚱한 사람들은 다 어디 있는가
왜 나는
혼자서 뚱뚱한가

통계 속에서 밥을 먹는다
어떤 전쟁의 적이 되어서

밥을 먹는다

주인이 옆에서
걸레질을 멈추고
열대식물의 가루를 추천한다

신비로운 열매군요
얼마 전에는 붉은 고대의 곡물을
새로 소개받았고

통계 속에 사는 사람들은
누군가의 사진에 우연히 등장해서
미안한 표정을 지었다

잠깐만요
가로수 앞으로
아는 사람이 지나가는 것 같았다

맛있게 먹었다고 카드를 내밀자

계산대에서 열매의 이름이
신비롭게 반복되었다

# 가이드

소속이 있다면 기쁠 것이다
같은 티셔츠를 입고 모였다가
티셔츠를 벗으면 사라지는 소속이
세탁기에서 돌아가는 동안

믿음을 가진다
기계가 줄 수 있는 마음
인간은 그렇게 줄 수가 없어서
안내문을 동봉한다

이케아 가구 조립 설명서의
나사 그림은 실제 크기와 같다
우리는 부품에서 시작해서
정확하게 가구에 다다르게 된다

그 마음을 받고
간직하고

믿음이 도처에서 이루어지는 것을 본다

새벽 배송과 지하철 시간표처럼
믿는다고 나를?
한번도 완성해본 적 없는
어리둥절한 얼굴로

없어진 단체의 티셔츠를 입고 잠든다
인간이 줄 수 있는 것
면으로 만들어서
부드럽고

# 꿈의 번영

꿈에서 관리자가 되었습니다
구름이나 과자의 관리자는 아니었고
화단을 관리하지도 않습니다
길에 떨어진 휴지를 줍지 않습니다
그것의 관리자가 아니니까 지나쳐서

창문 시트지가 조금씩 떨어진 작은 사무실에 앉아
모니터만 쳐다보는 이들을 물끄러미 바라봅니다
이 사람들을 관리해요? 꿈인데도?
근태를 확인하고 파견을 보내고
목표 달성률을 그래프로 만들어서 보고합니다
등 뒤에 상사가 있어요 상사 뒤에는 또 상사가 있고
상사가 아주 많이 나오는 꿈이구나
어제는 야채 장사를 했는데
손님을 붙잡고 상춧값이 너무 올랐다고 하소연을 했다
빌어먹을 여름 상추
우주를 떠돌고 고래가 되는 꿈도 있을 텐데
오늘은 보고서를 쓰고 있군요
아무래도 이 꿈이 집착이 좀 있어

밤마다 번영을 꿈꾸는 것 같습니다

개발자 B님이 잠깐 졸다가 다시 성실하게 일을 합니다
상사가 나타나서 화를 냅니다
문제가 있나요? 관리자는 기쁘게 되묻습니다
그래야 해결을 할 수 있기 때문에 문제를 생성합니다
문제는 달콤하다 그런데
잠을 자지 말라고? 졸지 못하게 하라고?
하지만 관리자는 그것이 정말 문제라는
근거가 필요합니다
확신만 있다면 해결할 수 있습니다
자신이 얼마나 기계적인지 자랑스러워하며
관리자로서 이 꿈에 최선을 다해

오늘도 적절하게 실패한 채로 끝납니다
그게 꿈의 기교라고 납득했던 때로 돌아갈 수 있다면
아니다 돌아가고 싶지 않다
이런 꿈이라도 사라지지 않길 바라면서
눈을 뜨고 뜨거운 아침 햇살을 맞이합니다

또 늦잠을 잤구나

# 퇴로

관계자만 들어갈 수 있다
저 문을 열면 관계자가 많을 텐데
저 문을 열어버리고 싶다
관계자들이 달려 나와
들어오시면 안 됩니다 문을 닫으려고 하면
한쪽 발을 들이밀고
접니다 여러분, 관계잡니다 하는 것이다
관계없을 리가 없다는 듯이
태연히 안으로 들어가면
마침 옆을 지나가던 염소와
귀여워 귀여워 사진을 찍던 사람이
열린 문으로 자연스럽게 들어오고
여기 관계자가 너무 많아져서 곤란한데
어쩌지요 어딘가로 전화를 넣는 손을 붙잡고
그 사람이 진짜 관계자인지 확신할 수 있겠어요
우리 동네 바텐더는 술에 대해 물으면 당황하면서 사라지
는데
술병을 쥐면 또 너무 행복해하니까 그걸로 됐지
다른 걸 쥐는 게 도움이 될 거예요

저기 담당이 어디신가요 혹시 주주시라면 여기가 아닌데
이해한다는 듯이 어깨를 두드리며
일단 앉읍시다 앉아서
우리가 어떻게 이곳의 관계자가 되었는지
달이 뜨고 별이 뜰 때까지 함께 이야기를 나눈다면
당연히 염소는 가만히 기다리지 않고
아무 전선을 씹거나 똥을 싸고 있겠지
염소는 망쳐버릴 거야 미래를
발을 구르며 달려오는 염소를 향해
가슴을 활짝 열지 않아도 됩니다
억지로 박수를 치지 않아도 된다고요 그러나
염소도 관계자고 그건 피할 수 있는 게 아니니까
종이라도 뜯어볼까요 노래를 불러볼까요
염소와 함께 뛰어다니다가
다 민사로 걸어버릴 거야
누군가 울음을 터뜨리고
괴롭히려던 건 아니었는데
옆에서 사진을 찍던 사람이
당신이 억지로 열었잖아요 화를 내면

편의점 직원이 피곤한 눈을 비비면서

뭐가 필요하세요

문을 열고 나온다

제 3 부

# 행복의 문턱


걸어라, 일어나 걸어라

취한 사람이 중얼거렸다
벤치에 앉은 채로

개나리가 피었다
아이들이 놀이터 바닥에
두꺼운 옷을 던져두고 뛰어다닌다
그대가 개와 함께 지나간다

나는 죽은 나무를 버리러 가는 길이었다
흙이 담긴 쓰레기봉투를 끌면서
지나간 불행을 떠올리지 않으려고 애쓴다

취한 사람이 허공을 향해 소리친다
아파트 창문이 열린다
개가 바닥에 엎드린다

걸어라,

일어나 걸어라
벌떡 일어나 걸어라

겨울이 개나리를 터뜨린다
내가 개의 목줄을 밟고 지나간다
그대의 개가 짖는다

## 바깥으로

그 사람은 이제 낡아서
끝까지 닫히지 않는 문이 되었다

바깥이 날이 갈수록 생생하고
휘청거릴 때마다
밖으로 기울어지는 정신이 되어서

새소리를 들으면 새가 귓속에 살고
새의 먹이와 새끼와 나무가 우수수 함께 있다가
티브이를 켜면 재벌이 눈앞에 있고
추상에는 끝이 없다는 걸
갑자기 잘 알게 된다

나라고 주장할 만한 것이
얼마 남지 않은 것 같은데
이름을 부르면 고개를 들고

생각해보면 그 문은 끝까지 닫힌 적이 없었다
기쁠 때나 슬플 때나

찡그리는 버릇이 있었는데
조금 비겁하게 말끝을 흐리는 버릇
정말 그걸로 된 건가
다그치듯 바깥이 한 발 걸쳐놓아서
나는 겁이 났다 내 안에 영영 갇힐까봐
당신 말이 들리지 않을까봐 늘
문을 조금 열어놓았다

어쩌면 문이 작아졌을지도
바깥이 낙타처럼 커졌을지도 모르는데
손끝이 차가웠으므로
당신이 거기 있다고

바깥에서 긴 고양이가 어슬렁거리고
아이들이 캐치볼을 하는데
퇴근길에 발이 아픈 사람이 지나가면서

당신의 죽음을 전해주었다
누구인지 당장 떠올릴 수 없었다

# 하나의 문만 열린다면

네가 운이 참 나빴다고
누가 통화를 하면서 지나갔다

우리는 장례식장 안으로 들어가지 못하고
유리문 앞에서
이 형식을 안다고 생각한다
검은 옷을 입고 향을 피우고 절을 하고
그다음은

걔가 얼마나 착했는지
모른다 어떤 삶을 살았는지
사실 다들 잘 모른다
하지만 저 문을 열고 들어가서
우리가 같은 영혼을 가졌다고
지금부터 믿어버릴 것이다
그 영혼의 고통을 모를 리가 없다고
며칠 내내 눈앞에서
숲이 불타고 있는 것처럼
말해버릴 것이다

밖으로 나온 아이들이 끝말잇기를 한다
사람 이름은 안 된다
나라도 안 된다

들어가자
더 해볼 수 있을 것이다

# 온 우주가 바라는 나의 건강한 삶

마트에서 시작할 수 있다
이렇게 많은 약속이 남아 있다면
새롭게 시작할 수 있다

요가 매트를 찾으며
더 건강하게 튀긴 이 감자칩과
저 감자칩 사이
최저가와 할인가 사이에서
엄청나게 수다스러운 멀티버스의 시간이 지나갔다

그 모든 시간이
나의 선택이었다고
쓸쓸한 얼굴로 일기를 쓰고 있을 때도
휠체어에 앉아 피켓을 들고 있는 우주에서도
매일 아침 기도문을 외우는 내게도
마트와 감자칩이 있었고

어떤 세계에서는
문자가 비위생적인 것이 되어서

물건에 표기가 금지되었다
문자 없는 거리를 만들었다는
신도시를 바라보며
아무것도 쓰여 있지 않은 감자칩을 뜯었고

수백번에 한번은 투자에 성공했다
자신의 힘으로 노후를 준비하고
균형 잡힌 생활을 좋아했다
내가 바란다고
감자칩도 몇개만 먹을 수 있다면
괜찮은 간식이라고

이 무수한 우주에 계속해서
약속을 지키라고 요구하며

마트에서 시작할 수 있다
그렇게 쓰여 있다

# 오늘의 기도

어머니 오늘은 제가 아프지 않으니
재밌는 기도를 하세요
이를테면 하천에 떠 있는 저 오리를
구원해달라고

신께서 의아하게 물으실 겁니다
얘야 대체 구원이 무엇인가?
어머니는 성실히 대답하시겠죠
신의 뜻대로라고

저는 고장 난 믹서기가 아니고
신도 수리공은 아닐 겁니다
오늘은 저에게서 등을 돌려
자신의 고통을 구경할 시간을 주세요

모두가 새처럼 또렷이 울지는 못하겠죠
자주 안색이 바뀌고
창밖에서 저녁이 노을과 그렇듯이

이야기가 입을 다물면
고통은 무엇과 연결되려 할까요?

저도 바깥에서 나는 소리가 되어서
시끄럽고 변덕스럽게

오늘은 기도 대신
깜깜해질 때까지 자신을
종일처럼 보고 싶습니다

어머니
어서 가서 오리를 구원해주세요

# 축적과 이동

오늘 네게 닿지 않고
떨어진 눈이
다시 눈으로 돌아올 겨울의 미래

남극에 내리는 눈에서
미세 플라스틱이
새로운 속성으로 발견되었다
고래와 갓난아이에게서도
공통적으로

흩날리는 흰 눈과
공장처럼 이동하는 미래

아이들은 눈 오리를 잔뜩 찍어내고
학원으로 떠났다
붉은 뺨을 비비며
뜻이 분명하지 않은 노래를 부르면서

버스에 올라타

투명한 창문 밖으로 열심히 손을 흔들면
보이지 않는 곳에서
흩날리는 입자들

의도 없이 우리가
곳곳에서 축적되어갔다
아주 작은 조각의 형태로

# 이웃의 정원

이웃은 마당을 갖지 못했지만
정원을 위해서
정성을 기울인다

정원을 가질 수 있다
아직 정원을 가질 수 있구나
집요하게
면적을 만들어내면서

그 집 계단에는 층층이 화분이 놓여 있다
난간마다 아슬아슬하게
창문에도 매달려 있다
온갖 식물의 뿌리가

담장을 따라 늘어서 있다
골목에 들어서면 저 멀리
치렁치렁한 이웃의 정원이 먼저 보였다
개와 사람이 자주 멈춰 서는 곳에서

이웃은 화분을 나눠주고 싶어 했다
나는 언젠가 새벽에
시든 나무를 여기 두고
떠나는 사람을 보았는데
내가 그럴 것 같다고

이웃은 고개를 끄덕이며
그렇게 두고 가면 된다고 말했다
식물은 몰래 없어졌다가
몰래 늘어나는 것

커다란 고무 통 안에서
동백이 피었다
눈 덮인 배추가 남겨져 있었다

담장 위로 푸른 넝쿨을
신기하게 쳐다보고 있을 때
이웃은 눈을 치우다가

아니 그건 조화지
웃으면서 문을 열고 들어갔다
더 울창한 곳으로

# 점거

검은 비닐이 아니고
누가 계속해서
다리를 건너고 있다
잠옷 위에 패딩을 걸치고

허공에 놓인 다리
이쪽에서 저쪽으로
다시 저쪽에서 이쪽으로
건너간다 그건
이동이 아니고

다리를 붙잡아두고
끝내지 않고
슬리퍼를 끌며 다리에 남아

흘러서 가버리고
날아서 가버리고
다리를 밟지 않고 가는 것들은
저것들은 참 예쁘다

빠르고 새롭게 움직여

검은 패딩이 다리에서
멈춘다 정지가 아니고
풍선처럼 팔을 움직인다
입김을 내뿜으며
흐느적거린다

지나가던 차들이
속도를 줄이고 주춤거린다
경적을 울려도

패딩은 돌아보지 않고
뛰어내리지 않으며
흘러가는 강물 앞에서

동작
다음 동작

다리를 흔들고 있는

저 노래가 기억이 나

# 중얼거리는 사람들

더이상 숨긴 것은 없다고
후련한 얼굴로 자리에서 일어나면
남겨진 사람은
비밀을 빼앗긴 것에 놀라서
물잔을 끼얹지도 못하고

신문처럼 말이 많아진다
한자리에서 다른 말을 계속할 수 있다
사건과 시간과 인칭을 바꿔가면서

나빠지고 있다니
믿을 수가 없다
혼잣말을 중얼거리며 길을 걷다가

전도하는 사람을 붙잡고
존재에 대해 아시냐고 묻는 사람에게
우산을 씌워준다
실례합니다 친구예요

비밀을 빼앗기면
다시 빼앗아 오는 친구가 있었는데

친구는 안됐다는 듯이 쳐다보고
빗속으로 중얼거리며 걸어가버린다
무슨 말인지 알겠는데
따라 할 수가 없다

# 사양합니다

이제 그만 집에 갔으면 좋겠는데

때마침 비가 내리고
열어둔 창문이 생각났다는 듯이

사각형을 그리고 집이라고 부르며
들어가서 신발을 벗고 문을 닫고
당신은 갑자기
아무것도 보여주지 않는다

빗물이 흘러내리는 유리창을 바라보며

집에 갔구나 당신은
당신 집으로 가버려서

안이 생겼지만 그 얼굴의
안을 확인할 수 없고
바깥에서 저 집 문이
참 잘 닫힌 것 같네 고개를 끄덕거린다

보여주지 않으려고
집을 구했다 공을 들여서 꾸몄다,

맞은편 옥상에서
체조하는 이웃이 밝게 인사를 해도
소파에 앉아서 그 인사를 받아줄 수 없는 것처럼
완고하게

사람들이 빗속으로 하나둘 사라질 때까지
당신은 집을 가졌고
그 집을 포기하지 않는다

# 질량

장마가 시작되고
오래된 집 천장에 얼룩이 생겼다
벽지가 점점 처지더니

어느 날 밤
거기서 커다란 것이 떨어져서

서로 소리를 지르며 날뛰는
이 무겁고 아프고 따뜻한 것이
도대체 무엇인지 모르겠다 무섭고 모르겠다
천장과 싸우다 불을 켜면

처음 보는 고양이가
다시 돌아가려고 벽을 긁어대다가
정신을 차리고
열어둔 창문으로 걸어 나갔습니다
비가 올 텐데

부서진 천장 아래로

수십년간 덧붙인
꽃무늬의 두께가 터져 나와서
이 집의 표면이 끝나버렸으므로

장마가 끝나고
새로운 꽃무늬를 덧붙인 천장은
그 너머의 소리를 가지게 되었고

어느 날 밤 나도
한쪽이 나의 천장이었던
가정을 걸어 나와서
돌아가지 않았습니다

# 주머니 속의 밤

이 깊이는 내가 만들었어요
손을 넣으면 만져집니다
그게 꼭 안전하다는 건 아니지만

굴을 파듯이
머리를 들이밀고
먹어치워야 생겨나는 틈으로
곧 배설물이 쌓이고
몸이 꽉 끼게 될 그 틈을
깊이라고 부를 수 있다면

만들었습니다 가져다 붙이고
구입도 해봤고요
그건 누가 버리고 간 거지만
이 주머니 속에 깊은
밤이 있다는 듯이

어젯밤의 인기 글은
실제로 가난한 사람을 본 적 있어?

실제로 가난한 사람들이 댓글을 너무 많이 다는 바람에
다 읽지도 못하고 삭제돼버렸지만
다들 실제로 어딘가에 누워서

주머니에 손을 넣고
밤이 여기 있다는 듯이
내가 그걸 가졌다는 듯이 잠깐

# 시립수영장

물이 가득 차 있다
차례를 기다리고 있다

평화가 자신에게서 비롯된다는 말을 들었다 틀린 말은 아
니다 아침에 눈을 뜨면 어제 내뱉은 말을 반성하고 귀 뒤의
주름을 강박적으로 씻는다 틀린 말은 아니지 그럴수록 평화
와 멀어졌기 때문이다 명상원에 신청을 했지만 추첨에서 떨
어졌다 다행히 수영장은 성공했으므로 운이 아주 나쁜 것은
아니야 우리는 한쪽에 모여서 이미 틀려버린 것의 목록을
만든다 헛된 욕망을 갖지 않도록 이미 가져버렸다면 입 밖
으로 내지 않도록 가진 것이 많은지 적은지 들키지 않도록
뒤꿈치를 들고 걸어

물에 떠 있다
푸른 타일 위에서 반복하고 있다

춤처럼 보이니
그럴 리가 없다는 것을 안다
그렇다고 춤이 아닌 것도 아니야

우리는 어떤 것에 가깝지 자꾸 가르쳐주지 않아도
가까울 뿐이라는 걸 잘 알아
누워 있는 노인이 이제 자신은 영혼에 가깝지 않으냐고
웃는다
녹초가 되도록 육체를 느끼면서

물살을 헤치고 있다
전진하고 있다

낡은 수영장은 샤워기가 부족해서 뛰어가야 했다 뜨거운
물줄기 아래로 누군가의 머리가 엉덩이가 붙었다 떨어졌다
수증기 속에서 고성이 오갔다 내 자리라고 육체는 자리가
필요하고 새로운 수영장은 샤워기가 조금 더 많다 부족하지
만 기다릴 수 있다 모르는 노인이 등을 밀어준다 먹을 것을
나눠준다 돌아오지 못하는 사람의 사정을 이야기한다 뒤에
서 끈을 풀어준다

우리가 빠져나온 물이 천천히 순환한다
소독된다

# 철수

동네에서 은행이 철수하고 있다
은행은 이제 우리가 귀찮구나
교회는 더 늘어났으니까
신은 아직 우리가 필요한 거 같지
핸드폰 가게처럼 아직도
우리를 원해 커피도 준다
마시고 가 마셔도 돼 더 달라고 해도 돼

쓸데없는 걸 사라고 하지 않아
우리가 사 모으는 건 마지막 모자
마지막 손가방 마지막으로 짜인
부드럽고 질기며 화사한 것이다

아침마다 침을 흘리면서 꽃을 보게 돼
사진을 찍어서 보내
좋은 말만 하고 싶어
하나 마나 한 말만 하고 싶어
어떤 마음에도 남지 않도록
달콤한 것으로 다 발라버리고 싶어

티브이를 틀어봐
설악산이 우리를 모집해
단풍이 붉게 들었대 날씨가 아주 좋대

좋은 것을 줄게
오래 간직했던 것을 줄게
말린 나물을 줄게 보험도 줄게
이건 수를 놓은 손수건이고
네 배냇저고리야
옷은 잘 다려 입고 햇볕을 많이 쬐야 돼
그런 걸 자꾸 잊어버리게 돼

# 우리가 작고 어두운 것이었을 때

이상한 춤을 추는 세계였는데
육체가 작고
움직일 수 없었을 때

밤마다 우물로 들어가는 거예요
대추나무가 있었는데
택시 기사는 친척 집에 들렀다가
처음 가본 마을의 우물 앞에서 눈물을 흘렸다
허공을 손아귀처럼 쥐고 있는
검은 대추나무를 보다가
몸을 던진 사람은 오래전의 먼 친척이었다
어쩌면 우물이었을 수도 있잖아요
대추나무였을 수도 있고
전생을 믿게 된 자의 말이다

환생을 거듭하며 우리는
우주의 먹이를 공급하고 있다고
깨달은 수행자가 있었다
오직 우주에서 삭제되는 것을 목표로 하세요

마침내 우주에서 사라져버린 수행자는
가상의 인물이었다고 한다
머리에 찻잔을 올려놓거나
보노보노를 시청하는 것이 도움이 된다고 했는데
모든 생을 떠나고 싶었던 자의 말이다

세살까지 태아의 기억이 있다고 들은 친구가
아이에게 엄마 뱃속이 어땠냐고 물었다
따뜻하고 바다처럼 출렁거렸어
그런데 엄마가 자꾸 말 시켜서 좀 귀찮았어
얼마 되지 않은 이번 생의 말이다

앞이 보이지 않았는데
버섯이었을까요
불길은 너무 빨랐고
모든 게 순식간이었죠

# 당신이 조금 덜 건강하기를
### 시를 위로하는 한가지 방법
### 전승민

## 1. 이중의 밀봉

　시, 혹은 '시적인 것'의 정수는 과연 파토스인가? 소설의 기능적인 언어가 논리적인 로고스의 세계를 건축할 때 시의 언어는 그것을 찢는 자리에서 시작한다. 시의 화자 '나'의 목소리는 단지 소리의 차원이 아닌 혼의 음성이다. 의식의 층위에서 무의식의 층위로 이동하여 다시 텍스트의 표면으로 상승할 때, 하강운동에서 발생한 에너지는 세계의 평화를 박살 낸다. 시의 '나'가 삼인칭의 세계를 지배하는 방식이다. 반면, 우리가 살아가는 텍스트 바깥의 현실, 그리고 그것의 가장 핍진한 모사인 소설의 공간은 지성의 힘으로 지탱되는 평형에 기대어 있다. 그러나 존재의 의식과 무의식을 모두 경유하며 운동하고 발화하는 시의 공간은 매 순간 파괴하고, 그 반작용으로 인해 스스로 또한 파괴당하는 침범으로 이루어진다.

이는 그간 우리가 시와 소설을 신화화해온 방법이다. 그러나 남현지의 첫 시집 『온 우주가 바라는 나의 건강한 삶』은 위의 진리에 대한 가장 분명한 반례(反例)다. 이토록 지성의 세계에 자신을 안치시키는 화자를 나는 본 적이 없다.* 여러번 생각해보아도 '안착'이 아니라 '안치'가 정확한 표현일 텐데, 그의 세계는 우리가 첫번째 시부터 마지막 시까지 경유하는 동안 단 한번도 흔들리지 않을뿐더러 화자 또한 역동하기를 거부하기 때문이다. 그에게 욕망이 없다는 것이 아니다. 그에게 목소리가 없다는 말은 더더욱 아니다. 다만 시(詩), 언어의 '집' 안에 조용히 머무르고자 하는 욕망이 다른 욕망들을 너끈히 압도하기 때문에 우리는 그가 집 밖으로 나와 현실 세계에서 말하지 못했던 마음들을 다른 이들처럼 소리치고 용감하게 발설하는 모습을 좀처럼 보기

---

* 로고스는 통상 이성과 합리로 번역되나 여기에서는 파토스에 대적하는 자질로서 무감함(insensibility)으로 사용한다. 감정과 정동이 주체와 대상에 밀착하여 발생하는 것과 달리, 무감한 로고스는 그것들과 일정한 거리를 항상적으로 유지하며 '나'가 파토스의 영역으로 발을 들여놓지 못하도록 막아선다. 남현지의 텍스트에서 표층의 언어와 심층의 언어는 모두 로고스로 지어진다. 독자도 평론가도 분명하게 볼 수 없는 파토스는 절대적으로 화자만의 것이다. 그러므로 이 시집은 화자의 감정이나 심정을 헤아리는 방향이 아니라 그가 가지고 있으나 보여주지 않는 것들이 어떠한 방식으로 숨겨져 있는가를 추적하는 방향 속에서 독해된다.

어려운 것이다. 그가 자신의 숨은 마음을 열어두는 행위는 고작 누설에 그치고 만다("맥주가 지겨워요/사라진 마음이 지겹습니다/공은 왜 자꾸 돌아와?", 「실업자가 야구 보는 이야기」). 그의 들끓는 마음은 모든 시의 상연이 끝난 뒤에도 안전하게 밀봉되어 있을 따름이다.

집 안에 기거하는 것을 그의 최선이라 여기는 이유는 자신이 가진 특이점(singularity)이 세계의 표면으로 돌출될 경우 타자들이 이루는 평형을 깨뜨리고 말 것이라는 확신이 있기 때문이다. 그는 타인에게 폐를 끼치고 싶어 하지 않는다. '좋은 사람'이 되고 싶어 하는 도덕적 성취를 욕망하는 것은 아니다. 그는 무엇이든 오직 진심으로만 사랑할 수 있는 사람이기 때문에 그렇다. 문학 텍스트가 얼마나 급진적이고 위반을 감행하느냐와 별개로 시와 소설을 쓰는 '사람'은 현실 세계의 원리를 따르며 사는 사람임을 부정할 수 없다. 그러나 문학과 삶 모두에 동일하게 진심인 사람, 텍스트의 가상성과 실제 현실의 야생성을 동치시키고 둘을 동기화하면서 무언가를 쓰는 사람은 어느 쪽에서든 곤란을 겪을 것이다. (텍스트의 세계에서는 지나치게 현실적이라는, 현실에서는 지나치게 문학적이라는 핀잔을 들을 테다.) 자신의 진피를 내보이려는 화자는 동시에 필연적으로 발생할 누군가의 불편과 불쾌를 묵인할 수 없다. 그리하여 그는 파토스의 불길을 로고스의 무정함으로 잠재운다.

거침없이 발설되고 포효하는 목소리들에 익숙한 우리는

시인이 건축한 로고스의 집 안에 거주하며 이 세계에서 가능한 최대한의 평안을 도모하는 화자를 보며 당황한다. 대체로 로고스의 내부에 거주하면서 아주 가끔 누설되는 이 목소리, 시의 영혼은 눈앞에 놓인 세계의 흐름을 거스르지 않을 것을 지상 과제로 삼는다. 화자는 이를 '자연'이라고 부르며 "건강한 삶"이란 자연의 역린을 건드리지 않는 일, 내면의 요동치는 감정과 울음을 외부로 결코 유출하지 않으며 지속하는 삶이라고 굳게 믿는다. '건강한 인간'은 곧 '성숙한 인간', 다시 말해 로고스의 무감한 언어로써 날뛰는 파토스의 언어를 정리 정돈하여 시의 뒷면으로 보이지 않게 잘 닫아 잠그는 인간이다. 시적 갈등을 봉합하며 매듭을 짓는 그는 성숙한 인간이다. 그는 건강한 인간이 되느라 지나치게 외로워진다.

시의 위기는 이 지점에서 도래한다. 시의 공간 안에서 그는 마음의 부담을 이기적으로 토로하며 발설된 것들로부터의 해방을 자처할 수도 있겠으나 화자는 오히려 이중으로 봉인당한다. 그 겹겹의 감금이 발휘하는 거대한 고독을 감지할 때 우리는 화자가 제발 '덜' 건강해지기를, 나아가 급진적으로 아픔을 호소하기를 저도 모르게 기도하게 된다. 시가 불손해지기를 응원하게 된다. 그리하여 시가 독자를 위로하는 것이 아니라 거꾸로 독자가 시를 위로하게 되는 일이 빈번히 발생한다. 시는 우리를 위로한다. 그렇다. 그러나 우리가 시를 위로할 수도 있을까? 위로의 근간이 되는 마음의 작용은 공감(sympathize)이다. 텍스트와 독자가 가상과 현실이라는 벽을 무너뜨리고 합일하는 과정이다. 그간의 서정은 시가 창조한 감정과 인식의 구도를 독자가 파악하고 행간의 빈 공간이 제시하는 거푸집의 모양에 따라 자신의 마음을 다듬어 알맞게 포개어두는 행위, 능동적인 수동성이 발휘되는 방식으로 축조되어왔다. 그러나 남현지가 보는 '우주' 안에서 우리는 정확히 그것의 반대를 수행한다. 자신의 마음을 로고스의 벽으로 이중 밀봉한 채 진심을 좀처럼 꺼내놓지 않는 화자 앞에서 독자는 자신의 삶을 반추하는 것이 아니라 전적으로 화자의 삶만을 헤아리며 그를 이해하는 데 온 마음을 쓴다. 독자가 읽으면서 파악하는 시의 리듬과 강세, 흐름은 독자가 자신의 삶을 이해하는 데 복무하지 않는다.

남현지의 시 안에서 발생하는 공감의 역학은 역방향이며, '나'와 '너'가 합일할 수 없음을 선언하는 과정 속에서 발생한다. 그의 시를 읽는 일은 이중으로 닫혀 그 누구보다 단단한 고립무원을 자처하는 화자의 층층을 내파하는 일이다. 우리가 누군가로부터 이해받는 것이 아니라 우리가 누군가를 전력을 다해 이해하려 할 때 그와 나는 (그의 의도 바깥에서) 무한히 접근하며 가까워지고 나는 여지없는 그(화자)의 타자로 정위된다. 내가 너의 타자가 된다는 것, 그 관계망을 설정하고 받아들이는 일 자체가 중요하다. 지난 역사 동안 우리는 매 순간 타자 아닌 주체가 되고자 발버둥쳤지만 이곳에서 우리는 내가 그의 타자가 될 수 있기를 간절히 기원한다. 나는 너의 타자다, 나는 너의 여백이며 나는 너의 파괴자다……. 나는 너의 **로고스**를 허무는 **뮈토스**다. 나는 너의 빈 공간이다. 시는 이제 독자를 자기에게로 초대하는 것이 아니라 독자의 실존 자체를 호명한다. 우리로 하여금 타자 되기를 자처하게 한다. 남현지의 시 앞에서 독자는 시의 공백을 발굴하는 관찰자가 아니라 시가 걸어 들어올 수 있는 빈 공간 자체가 되기를 자처한다.

## 2. 특이점의 출현, 그러나

시의 자유로운 본성을 고려한다면 수록된 시편들을 순서와 무관하게 읽을 수도 있겠으나 『온 우주가 바라는 나의 건강한 삶』은 순서대로 읽기를 권한다. 화자에게 현재 가장 중요한 것은 세계가 자생하는 흐름에 자신의 영향력을 결코 끼치지 않는 일이고, 독자가 그를 진정으로 이해하고 존중하고자 한다면 그의 지향에 동참해야 하는 것이 마땅하기 때문이다.* 1부는 시적 현실을 바라보는 '나'의 내부를,

---

* 화자를 이해하는 또다른 방법 중 하나는 3부를 먼저 읽고 1부로 돌아가 읽기를 순차적으로 진행하는 것이다. 무감하게 세계를 조명하기만 할 것 같던 화자는 3부에서 처음으로 '그대'를 호명한다. 꼼짝 않던 화자의 마음은 3부에 진입하면서 '그대'와 '당신'에 의해 드디어 약간의 투명도를 지니게 된다. 이때 1부와 2부는 3부에서 드러나는 아픈 사랑의 주체가 걸어온 생활의 전사(前史)로 읽을 수 있다.

2부는 그러한 내부 세계가 맞닿아 있는 외부 세계를 담아낸다. 이때 '나'의 '그대'와 '당신'이 처음으로 등장하는 3부는 1부와 2부의 변증법적 종합이 아니라 특이점이다. 로고스의 세계에 놓인 1부와 2부는 3부의 '사랑', 드디어 현현하는 '그대'가 발휘하는 뮈토스에 의해 무너진다. 파괴된 자리에서 우리는 닫혀 있던 화자가 입술을 조금씩 열어 말하려는 조짐을 목격하고 그의 사랑이 밀봉되어 있을 수밖에 없던 이유에 가닿는다. 사랑의 주고받음에 성공하는 일보다 사랑이 훼손되지 않는 것이 중요하기 때문이다. 그는 '나'의 사랑이 '너'의 세계에 작은 구멍을 내거나 그로 인해 '나'가 '너'의 세계의 특이점이 되는 것을 결단코 바라지 않기 때문이다. 스스로 '너'의 특이점이 되기를 끈질기게 거부하는 대신 그는 시 안에 특이점들을 설치하는 방식으로 사랑을 문제화하지 않는다. 사랑이 시작되는 3부의 첫 시에는 그가 특이점의 발생을 무마하는 모습이 드러난다.

개나리가 피었다
아이들이 놀이터 바닥에
두꺼운 옷을 던져두고 뛰어다닌다
그대가 개와 함께 지나간다

나는 죽은 나무를 버리러 가는 길이었다
흙이 담긴 쓰레기봉투를 끌면서

지나간 불행을 떠올리지 않으려고 애쓴다

(…)

겨울이 개나리를 터뜨린다
내가 개의 목줄을 밟고 지나간다
그대의 개가 짖는다

──「행복의 문턱」 부분

　세상 곳곳을 통과하면서 자신을 끊임없이 소외시켰던 화자는 드디어 '놀이터'에 이르러 '그대'를 호명한다. "그대가 개와 함께 지나"가는 것을 보지만 '나'는 그의 이름을 부르거나 그의 앞에 모습을 드러내는 대신 "개의 목줄을 밟고 지나"갈 뿐이다. 개는 '나'를 향해 짖지만 '그대'가 '나'를 보았다거나, 그리하여 '우리'가 만나게 되었다거나 하는 진술은 어디에도 없다. 세계는 여전하다. 변형되지 않는다. '나'는 행복의 '문턱'인 개의 '목줄'을 밟는 용기를 간신히 발휘하지만 그뿐이다. 문턱(threshold)의 임계점을 밟지만 변화는 일어나지 않는다. '문턱을 밟으면 복이 달아난다'는 미신을 상기하면, "행복의 문턱"을 밟는 순간 귀에 들리는 개 짖는 소리는 '그대'가 '나'에게로 다가서는 반가움이 아니라 불길한 징조로 화하고, 사랑이 시작되려나 싶던 기대는 차갑게 식는다. 시에는 "걸어라, 일어나 걸어라"라고 중얼거리는 취객이 등장하고 화자가 "개의 목줄을 밟고 지나"간 것은 배경음으로 후경화되는 취객의 외침에 영향받은 것으로 짐작된다. 이처럼 화자가 여타의 존재들로부터 유리된 것은 분명 아니다. 그러나 "겨울이 개나리를 터뜨"리는 계절의 흐름이 누군가의 인공적인 일으킴으로 이행되는 것이 아니듯, 화자 또한 현재 자기 앞에 펼쳐진 세계에 아주 최소한으로 개입하기를 바란다. '나'는 '그대'와의 마주침이 불러오는 감정에 대해 침묵한다. 그러나 자신의 욕망과 내면의 변화를 너끈히 초월할 수 없기 때문에 "일어나 걸어"서 '그대'에게 가지만 겨우 "개의 목줄"까지만이다. 이것이 화자가 고독해지는 일련의 과정이며, 1부와 2부는 이렇게 자처한 고독 속에서 살아가는 일상의 수기다.* 여기까지 이해할 때, 우리는 평범하게 지나친 시의 한 부분이 사실은 화자가 제시한 시의 요건이라는 것을 문득 깨닫는다.

* 「뒷산에서」와 「호수공원」은 시의 전통적인 제시법인 선경후정(先景後情)에 의탁한다. 화자가 묘사하는 풍경(자연)의 외양을 객관적 관찰(logos)로, 그를 보며 떠올리는 삶과 존재에 관한 성찰을 후정(pathos)이라 할 때, 파토스는 예외 없이 로고스를 초과한다. ("부르기 무섭게 넘쳐흐르는 여름 안에서 반박한다", 「뒷산에서」). 그러나 로고스의 위력은 대단해서 파토스가 발생하는 일과 무관하게 자연은 변형되거나 변화하지 않는다. 화자가 '뒷산'과 '호수공원'에서 무슨 생각을 하든 "호수는 잘 묶여 있"고 "삼십분 전에 본 사람이/다시 옆을 달리"(「호수공원」)는 일이 계속될 뿐이다. 남현지에게 세계-자연-풍경은 파괴할 수도 파괴될 수도 없는 거대한 로고스 그 자체다.

자주 여행을 가는 친구는

도착한 도시의 중앙공원에서
혼자 맥주 마시는 이야기를 들려준다

그 이야기에는
잔디와 개와 연인이 나오고
맥주의 가격이 조금씩 달라진다

(⋯)

잔디와 개와 연인의 이야기에서는
항의할 필요 없이
누구의 집도 아닌 곳에서
오래 머무를 수 있다

거기서 들려오는 소음은
짐작할 수 있지만
직접 등장하지는 않는다

—「중앙공원」부분

 세계의 사건, 혹은 그것을 재료로 해서 태어나는 시는 누
군가가 화자에게 들려준 이야기처럼 화자가 멀찍이 거리

를 두고 관찰자로서 연루되는 이야기다. 누군가가 항의하며 충돌하는 일은 전연 발생하지 않는 그 공간은 동시에 누군가의 배타적인 장소('집')를 침범하지 않으면서도 오래도록 거주할 수 있는 공간이다. 화자는 극한의 방어적인 태도로 '나'와 주변의 타자적인 요소들을 유리시키는 것처럼 보이지만 그 '소음'을 완전히 차단하지만은 않는다. 「피서」는 「중앙공원」이 제시한 시의 요건을 간명하게 보여준다.

여름의 구름은 멈춰 있고
열무 옆에서 발가락을 씻는다
지붕은 푸른색
마음은 해로워라
연달아 일어나려는 조급한 배열을
참방거리며

(…)

노인들은
낮부터 방에 드러누운 젊음을
안타까워하고

미풍 같은 시를 읽고 싶다
고뇌, 열망, 후회……

알 게 뭡니까

──「피서」 부분

시는 여름의 어느 날을 평화롭게 그리면서 독자를 계절의
순박한 흐름 속으로 데려가는 듯하지만 중간에 등장하는 하
나의 특이점("마음은 해로워라")을 통해 파토스는 이곳에
서 투명하게 부재하는 것이 아니라 다만 억압된 것임을 누
설한다. 화자의 내면에는 "고뇌, 열망, 후회" 따위가 들끓지
만 심도 있게 굴착되지 않고 이내 "알 게 뭡니까"라는 무감
한 발화를 통해 뭉개져서 세계의 표면으로 극화되지 못하
고 밀봉된다. 화자는 시를 쓰면서 자신을 세계의 껍질 안으
로 밀어넣지만 출몰하는 특이점들을 독자 또한 목격하게 되
는 것처럼 그 자신도 내면을 완벽하게 통제하지 못한다. 예
컨대 「빛의 생산」은 견디다 못한 화자가 심정을 에두르거나
부정하면서 표현하는 방식을, 「앙코르와트의 버섯 상인」은
진실을 말하지만 그 진실의 주인을 '상인'으로 넘겨두면서
자신은 부드럽게 비켜나는 방식을 보여준다.*

---

* 그는 "사물들은 다 잘 있"으며 "담배는 진짜 끊었"(「빛의 생산」)다고 말하지
만 독자는 그것이 사실과 정반대라는 것을 직감하고, 버섯을 팔아 돈을 모
아서 포카라로 가 "거기서 인류의 멸망을 기다릴 거"(「앙코르와트의 버섯
상인」)라는 상인의 말에 "나는 기쁩니다" 하고 기쁘게 찬동한 뒤 흔쾌히 버
섯을 사려는 화자의 모습이 그러하다. 좀처럼 감정 표현을 하지 않는 그가
시집에서 거의 유일하게 "나는 기쁩니다"라고 말하는 것은 세상의 멸망을

## 3. '너'라는 뮈토스

　1부에서 작은 점처럼 제시되던 특이점들은 2부에서 조금 더 빈번하게, 조금 더 긴 문장으로 나타난다. 이것들은 '나'의 방어적인 태도가 그의 방 안에서가 아니라 사회적인 공간에서 발현되는 양상을 보여준다. 나'에게 집 바깥의 공간은 가치의 등가교환이 이루어지는 일종의 '거래처'이고, 거기에서 그는 아무리 조심하고 "이토록 신중해도/문제가 생길 수 있다"(「거래처에서 배운 것」)는 것을 아프게 납득한다. 그토록 무감해 보이던 '나'는 익명의 타자가 세계에 난입해 '자연'의 흐름을 바꿔버리기를 기대하지만 그것이 욕망이 아니라 자신의 '습관'이라고 말하며 내심을 회피한다. 대신 간절한 "기도에 가까웠던 것을/자기계발식으로 다시 작성"(「워크숍」)할 뿐이다. 퇴근길에는 "오늘도 많은 일들이 진전되었"다며 함께 귀가하는 사람들을 순순한 마음으로 바라보지만, 고단한 풍경의 묘사 틈으로 삐져나오는 "오늘도 많은 얼굴이 지워졌"(「종각」)다는 조용한 문장은 그가 세계로부터 애써 거리를 두며 유지하는 관찰자적 시점 안에서도 온전히 무탈할 수만은 없음을 암시한다. 「퇴근」은 이러한 일

　소망하는 상인의 마음에 소극적으로 반응하는 것으로 자신의 욕망을 드러내는 일이다.

련의 과정이 평온한 평형을 유지하는 일이 아니라 실상은 상실의 아주 천천한 운동임을 드러낸다.

'나'의 방어적인 태도는 다분히 시적이며, 그는 시의 인간 적인 체현자다. 그는 자신을 세계의 일부로 바라보고 있으며, 불투명하고 복잡한 우회로를 설치해 세계라는 입체를 구성하는 여러겹의 얇은 층 사이마다 자신의 욕망과 진심을 꼭꼭 숨겨두기 때문이다. 그러나 아무리 숨기려고 애써도 특이점들은 발각되거나 누설된다. 그리하여 시적 진실에 접근하고자 할 때 우리가 보게 되는 것은 세계의 거대한 진실, 로고스가 감싸는 신성한 진리가 아니라 다만 한 사람이 지닌 세속적인 파토스의 '사과 한알'이다("가게 주인은 상한 사과를 덤으로 넣어주고/나는 충분하다고 다시 빼낸다""떨어진 사과 하나는/붉은색을 들고 굴러갔다", 「퇴근」). 붉어서 속을 알 수 없는 사과를 잘라 안을 들여다보면 우리는 그가 진정으로 열망하던 것이 바로 "즉각적으로/사랑"(「까맣게 젖은 나뭇가지 위의 꽃잎들」)하는 일임을 알게 된다. 즉각적으로 사랑하는 일은 언제고 의자에 앉아 마음껏 슬퍼하는 일과 같다. 그러나 그가 산 의자는 늘 사라지고, 그는 다시 "의자를 사러 갈 거"(「공휴일」)라는 정갈한 말만 되풀이할 뿐이다. 파토스는 사과의 핵인 검은 씨가 이루는 깊이와 부피만큼 숨겨져 있다. 이것을 끝없이 매장하는 로고스의 언어가 시인의 텍스트를 전례 없는 고독으로 화하게 한다.

그러나 시인에 따르면 고독은 기계적인 독존이나 고립이

아니다. 고독은 사랑하는 '너'의 모습을 일정한 거리를 두고 안전한 영역에서 관찰할 수 있게 하는 동력이다. 고독으로 인해 '너'와 '나'는 서로의 세계를 방해하지 않고 각자의 사랑을 강요하는 일을 피하면서 병존할 수 있다. 요컨대 이곳에서 '너'와 '나'는 접촉할 수 없기 때문에 영구히 사랑할 수 있다. 절대자처럼 군림하는 세계의 흐름이 들이대는 로고스적 언어에 기대어 '나'의 위험한 파토스를 성공적으로 숨긴다면 '우리'는 모두 무사할 것이므로. 그래서 화자에게 계속해서 사랑하는 일은 고독의 지속을 세계의 자연으로 거듭 체화해나가는 일이다. 가령 「축적과 이동」에서 "떨어진 눈"은 "다시 눈으로 돌아올 겨울의 미래", 즉 순환하는 자연의 흐름을 함축하지만 결국 화자가 발견하게 되는 것은 '너'의 부재가 현존으로 바뀌는 내일이 아니라 다만 눈처럼 쌓이는 '너'와 '나'의 좁혀지지 않는 항상적인 조각들인 것처럼 말이다("의도 없이 우리가/곳곳에서 축적되어갔다/아주 작은 조각의 형태로").

시집이 3부의 특이점으로 향할수록 화자의 욕망은 조금씩 더 많이 흘러나오는데, 그가 의지적으로 로고스의 언어를 사용하며 '너'에게로 다가서지 않으려 애쓰지만 실상 그가 바라는 것은 그리 거창한 것이 아니다. 그는 다른 이들처럼 어딘가에 소속되기를 바란다("소속이 있다면 기쁠 것이다", 「가이드」). 그러나 그가 원하는 이 소속감은 다분히 일시적인 것이며, 종국에는 "원데이 클래스에서/갑자기 진심이 되어/낙담을 해버리"(「도시의 명소」)듯 더 비참한 결말을 가져오리라 쉽게 예상되므로 그는 나중의 비관을 물리치고자 미리 단념한다. 최선의 해결은 예방이라는 신념하에 계속해서 욕망의 뒤편으로 물러나던 그는 저도 모르게 그만 자신을 소외시키고 만다. 「꿈의 번영」에서 화자는 꿈속에서 한 회사의 관리자로 일하며 직원과 상사의 불화를 조율하지만 여느 때와 마찬가지로 "오늘도 적절하게 실패한 채로 끝"나는 것으로 정리되며 꿈에서 깬다. 일의 내용이 즐겁지 않고 성공적이지 않아도 사람들 사이에 소속되어 있던 것을 중히 여겨서일까, 그는 "이런 꿈이라도 사라지지 않길 바라면서" 깨어난 자리에서 차분히 "뜨거운 아침 햇살을 맞이"하겠노라 마음을 다잡는다. 이제 여러분은 알 것이다. 남현지의 시에서 순행하는 흐름이 형성되면 그것을 비트는 특이점이 반드시 출현한다는 것을. 이 시의 마지막 행이 꼭 그러하다("또 늦잠을 잤구나"). 꿈에서 깨어난 상황이 또 한번의 꿈인 것이다. 상처받거나 상처 입히지 않고 사랑하고자 하던 이가 행해온 이중의 밀봉은 급기야 이중의 자기소외로 이어진다. 더욱 사랑하기 위해 자처하는 고독이란 이런 것이다. 내가 나를 직시한다고 믿어 의심치 않던 날카로운 메타의식이 실은 허상이었음이 폭로될 때, '나'의 존재는 어떻게 존립할 수 있는가? 타자로서의 '나'조차 절대적으로 부재하는 진공의 한가운데에서 유영하는 일은 단순한 고독이 아니라 존재가 무너지는 공포에 가깝다.

남현지의 '건강한 사람'은 세계에 어떤 사건이 발발하더라도, 심지어 '나'의 실존 조건 자체가 무너질 위험과 맞닥뜨리더라도 변하지 않고 영구적인 평행을 유지하는 '너'와 '나'의 거리에 대해 항의하거나 슬퍼하지 않고 그저 상황을 받아들이는 사람이다. 나아가 미래에 발생할 모든 낙담의 단초들을 사전에 차단하는 이다. 온 우주가 '나'의 '건강'을 기원한다는 말은 그래서 아주 차가운 냉소로 읽힌다. 화자는 자신이 지나온 "엄청나게 수다스러운 멀티버스의 시간" (「온 우주가 바라는 나의 건강한 삶」) 속에서 발생한 모든 실패에 대하여 쓸쓸히 자책하지만 우주는 그의 '건강'을 기원하며 최후의 폐허에서도 얼마든지 다시 시작할 수 있다고 약속한다. 그러나 세계의 풍경이 어떻게 변하더라도 절대 변치 않(으리라 믿어지)는 로고스의 체현물이 '마트'와 그곳에 진열된 '감자칩'일 때, 그 약속과 기원은 얼마나 공허한 것인가. 자신이 구현할 수 있는 최대한의 방어적인 태도 속에서 당한 이중의 소외가 '나'에게 일으킨 변화는 비가역적이다. 안전거리 안에서만 '너'를 사랑하겠다는 신념, 그 신화화된 믿음은 이 시의 마지막 연에서 들려오는 화자의 지친 목소리에 의해 부정될 기미를 보인다("마트에서 시작할 수 있다/그렇게 쓰여 있다"). 다시 시작할 수 있다는 마음은 화자의 것도, '너'의 것도, 세계의 것도 아니라 그저 감자칩의 포장에 적힌 문구일 뿐이다.

'나'가 쌓아 올리던 로고스의 방어벽은 그간 출몰했던 특이점들을 구멍 삼아 '너'의 침입을 허하게 된다. 화자보다 더욱 전경화되는 '그대'의 존재는 '나'의 무감한 로고스를 무너뜨리는 뮈토스이며, 시편 곳곳에 뚫린 구멍들은 '그대'가 '나'에게 행한 푼크툼의 결과이다. 화자는 비로소 '나'를 밀고 들어온 '그대'를 본다. '그대'는 '나'의 문이다.

> 그 사람은 이제 낡아서
> 끝까지 닫히지 않는 문이 되었다
>
> (…)
>
> 생각해보면 그 문은 끝까지 닫힌 적이 없었다
> 기쁠 때나 슬플 때나
> 찡그리는 버릇이 있었는데
> 조금 비겁하게 말끝을 흐리는 버릇
> 정말 그걸로 된 건가
> 다그치듯 바깥이 한 발 걸쳐놓아서
> 나는 겁이 났다 내 안에 영영 갇힐까봐
> 당신 말이 들리지 않을까봐 늘
> 문을 조금 열어놓았다
>
> (…)

바깥에서 긴 고양이가 어슬렁거리고
아이들이 캐치볼을 하는데
퇴근길에 발이 아픈 사람이 지나가면서

당신의 죽음을 전해주었다
누구인지 당장 떠올릴 수 없었다

　　　　　　　　　——「바깥으로」 부분(강조는 인용자)

　화자가 자신을 지배하던 두려움의 내용을 발설하는 것은
'너'에 대한 사랑을 고백하는 일과 다름없다. '문'을 열고 들
어가고 싶었으나 그 문이 닫혀버릴까봐, 그런데 '내'가 건너
온 곳이 사실은 '너'의 세계가 아니라 '나'의 세계일까봐, 그
리하여 "내 안에 영영 갇힐까봐" 이쪽과 저쪽 어디로든 마
음 편히 소속되지 못하고 반쯤 열린 문에 자신을 반쯤 걸쳐
두고 있었다는 고백. 시집에서 보이던 모호함과 불투명함은
화자가 이러한 이유로 명확한 사랑의 선언을 몹시 두려워했
기 때문에 발생하였음이 드러난다. 그러나 '문'은 완전히 닫
히지 않고 열려 있기에 '나'는 다른 세계를 기웃거리기 시작
한다.

　하지만 저 문을 열고 들어가서
　우리가 같은 영혼을 가졌다고
　지금부터 믿어버릴 것이다

그 영혼의 고통을 모를 리가 없다고
며칠 내내 눈앞에서
숲이 불타고 있는 것처럼
말해버릴 것이다

(…)

들어가자
더 해볼 수 있을 것이다

—「하나의 문만 열린다면」 부분

뮈토스가 로고스를 제 쪽으로 끌어들여 뮈토스의 힘이 강화되는 일은 로고스의 패배나 소거가 아니다.* 그것은 '나'와 '너'가 안전거리를 좁혀가며 몸을 섞는 일, 우리가 서로에게 힘을 행사하는 타자가 되어 서로의 건강에 해를 끼치는 일이다. 속된 감정의 들끓음이 표백된 지성의 언어, 로

---

* "뮈토스가 로고스를 끌어들임으로써 뮈토스가 강화된다는 것은, 뮈토스와 로고스가 함께 확산되는 신화적 기호작용을 보여주는 것이다. 우리가 흔히 생각하는 형식 논리, 즉 양항 간의 대립에서 하나가 강화되면 다른 하나는 약화된다는 논리는 적어도 신화적 기호작용에서는 성립하지 않는다. 로고스의 강화를 수반한 뮈토스의 강화. 그것은 마치 소용돌이처럼 확산하는 모습을 보여주며, 끝을 알 수 없는 무한한 기호작용처럼 나타난다." 송효섭 「신화와 도상」, 『신화의 질서』, 문학과지성사 2021, 27면.

고스의 '건강'은 무너진다. 그리하여 드디어 '나'의 수영장은 '우리'의 불결함으로 오염될 것이다. 물론, 살펴본 바대로 이곳의 세계-풍경-자연은 '나'와 '너'를 압도하고 초과하는 것이기에 물은 다시금 정화될 테지만("우리가 빠져나온 물이 천천히 순환한다/소독된다", 「시립수영장」) 발생하는 '너'와 '나'의 기호작용은 무화되지 않는다. 제목에 '우리'가 들어가는 유일한 시편이 시집 마지막에 수록된 것은 이런 맥락에서 의미심장하다.

> 환생을 거듭하며 우리는
> 우주의 먹이를 공급하고 있다고
> 깨달은 수행자가 있었다
> 오직 우주에서 삭제되는 것을 목표로 하세요
> 마침내 우주에서 사라져버린 수행자는
> 가상의 인물이었다고 한다
> 머리에 찻잔을 올려놓거나
> 보노보노를 시청하는 것이 도움이 된다고 했는데
> 모든 생을 떠나고 싶었던 자의 말이다
>
> (…)
>
> 앞이 보이지 않았는데
> 버섯이었을까요

불길은 너무 빨랐고

모든 게 순식간이었죠

　　　　　　——「우리가 작고 어두운 것이었을 때」 부분

　마지막 연은 통째로 한덩이의 특이점 또는 구두점(period)
이 되고, 화자는 순식간에 블랙홀 같은 구멍 안으로 빨려 들
어간다. 눈앞에서 돌연 사라져버린 그가 독자에게 남긴 "모
든 게 순식간이었죠"라는 말은 그 어떤 여운조차 공백으로
흡수해버리고, 그가 목격한 '버섯'은 세계의 멸망을 꿈꾸던
「앙코르와트의 버섯 상인」과 연동되며 세계의 소멸을 강화
한다. 극단적으로 세계의 변형을 방지하고자 하던 화자는
최후의 목소리에서 소멸 그 자체가 되고 만다. 온 우주가 그
의 건강을 기원해서일까, 그는 한번도 앓거나 아픔을 호소
하지 않고 그저 점 하나만큼의 버섯 앞에서 홀연히 사라진
다. 시집 전체를 통틀어 마지막 연, 마지막 목소리로 제시되
는 부분은 '나'가 휘둘러온 로고스의 무감한 언어와 '그대'
가 실존으로서 체현하는 세속의 뮈토스가 충돌하여 특이점
그 자체가 되고 마는 장면이다.
　억압되어온 파토스는 이제 분출에 머무르지 않고 더 크게
솟구쳐 올라 세계의 크기보다 훨씬 더 너르게 넘쳐 흐를 것
이다. 그러나 우리는 아직 그러한 장면을 목도할 수 없다. 시
의 세계, 이곳 텍스트의 세계를 초과하며 뻗어가는 장면은
책 속이 아니라 '나'의 타자가 되길 기꺼이 자청하며 우주적

인 삭제의 국면까지 함께 경험하는 당신의 빈 공간 안에서 발견될 것이기 때문이다. 뮈토스와 로고스의 뒤얽힘은 텍스트의 표층이 감당할 수 있는 부피를 초과한다. 시 저 혼자서는 억압된 파토스의 해방을 당해낼 수 없다. '나'가 '그대'의 손을 잡지 못하고 '개의 목줄'만을 밟았던 것은 어쩌면 그 넘침을 감당할 수 없음을 이미 알고 있었기 때문이다. 그러나 단 한번도 사랑을 부정한 적 없던 그는 이제부터 '그대'의 문을 열고 들어가 "우리가 같은 영혼을 가졌다고/지금부터 믿어버릴 것"(「하나의 문만 열린다면」)이라고 작심한다. 최후의 소멸은 문을 열고 '그대'에게로 이행한 그의 모습을 우리가 볼 수 없는 상태의 형상화다. 잊었는가? 나는 너의 로고스를 허무는 뮈토스다라는 문장의 주어는 다름 아닌 '너', 시의 독자, 그리고 화자의 '그대'라는 사실을 말이다.

田承珉 | 문학평론가

이 풍경 속에서
달리기 시작했다

2024년 12월
남현지

창비시선 511

온 우주가 바라는 나의 건강한 삶

초판 1쇄 발행 / 2024년 12월 27일

지은이 / 남현지
펴낸이 / 염종선
책임편집 / 한예진 박문수
조판 / 박지현
펴낸곳 / (주)창비
등록 / 1986년 8월 5일 제85호
주소 / 10881 경기도 파주시 회동길 184
전화 / 031-955-3333
팩시밀리 / 영업 031-955-3399 편집 031-955-3400
홈페이지 / www.changbi.com
전자우편 / lit@changbi.com

ⓒ 남현지 2024
ISBN 978-89-364-2511-1 03810